Kids

Este libro pertenece a:

*Para Fernando y Miguel Mariño y Jorge De La Fuente,
tres piratas a la caza de aventuras.*

María Menéndez-Ponte

*Para Abril y Jan, porque a la vida nunca le debe faltar
un toque de diversión.*

Ingrid Valls

Papel certificado por el Forest Stewardship Council®

Penguin Random House Grupo Editorial

Primera edición: mayo de 2025

© 2025, María Menéndez-Ponte, por el texto
Autora representada por IMC Agencia Literaria
© 2025, Penguin Random House Grupo Editorial, S. A. U.
Travessera de Gràcia, 47-49. 08021 Barcelona
© 2025, Ingrid Valls, por las ilustraciones
Ilustradora representada por IMC Agencia Literaria

Penguin Random House Grupo Editorial apoya la protección de la propiedad intelectual. La propiedad intelectual estimula la creatividad, defiende la diversidad en el ámbito de las ideas y el conocimiento, promueve la libre expresión y favorece una cultura viva. Gracias por comprar una edición autorizada de este libro y por respetar las leyes de propiedad intelectual al no reproducir ni distribuir ninguna parte de esta obra por ningún medio sin permiso. Al hacerlo está respaldando a los autores y permitiendo que PRHGE continúe publicando libros para todos los lectores. De conformidad con lo dispuesto en el artículo 67.3 del Real Decreto Ley 24/2021, de 2 de noviembre, PRHGE se reserva expresamente los derechos de reproducción y de uso de esta obra y de todos sus elementos mediante medios de lectura mecánica y otros medios adecuados a tal fin. Diríjase a CEDRO (Centro Español de Derechos Reprográficos, http://www.cedro.org) si necesita reproducir algún fragmento de esta obra.
En caso de necesidad, contacte con: seguridadproductos@penguinrandomhouse.com

Printed in Spain - Impreso en España

ISBN: 978-84-10318-11-3
Depósito legal: B-4789-2025

Compuesto por Araceli Ramos
Impreso en Gráficas 94, S. L.
Sant Quirze del Vallès (Barcelona)

PK 18113

Cuentos divertidos para 3 años

MARÍA MENÉNDEZ-PONTE

Ilustraciones de
INGRID VALLS

UN DESEO CUMPLEAÑERO

Todo comenzó el día de su cumpleaños.

—Antes de apagar las velas, pide un deseo, Lola —dijo papá.

¡Qué emocionante! **¡UN DESEO!**

Lola se concentró a tope.

No quería pedir algo que se pudiera comprar en una tienda.

Pensó un momento, dos, tres… Y por fin lo tuvo claro.

—¿Qué has pedido? —le preguntaron sus amigos.

—¡Si os lo digo, no se cumple!

¡Qué intriga!

¿CUÁL SERÍA EL DESEO DE LOLA?

Ella se acostó muy satisfecha por la fiesta tan bonita que había tenido. Estaba convencida de que pronto su deseo se haría realidad.

Por eso no le sorprendió cuando una bruja apareció.

Bueno sí, le sorprendió un poquito que apareciera con esas pintas y fuera tan… tan… tan fea. Uf. **ERA REQUETEFEA.**

Lola se la había imaginado muy guapa y tan dulce como el algodón de azúcar, y luego había soplado y apagado todas las velas de golpe.
¿QUÉ LE HABÍA SUCEDIDO A SU DESEO?

—Jijijijí. ¡Soy la bruja Piruja y vengo a asustarte a ti!

—¿¿¿Qué??? —se quejó Lola—. Yo no he pedido una bruja.

¡HE PEDIDO UNA ABUELAAA!

—¡Por mis castañuelas! ¿Y para qué quieres tú una abuela?

—Porque todos mis amigos tienen una y yo no. Las abuelas te miman, te hacen bizcochos, juegan contigo, te llevan al parque… **MOLAN MOGOLLÓN.**

—¡Eh, para el carro, bocajarro! Yo he venido a asustarte.

—Pues no me asustas nada.

—**¿NADA DE NADA?**

—Nada, ¡ni un pelo de debajo de tu sombrero!

Entonces ocurrió algo increíble: la bruja se echó a llorar. ¡Le salían mocos verdes y amarillos!

—¿Qué voy a hacer si ya no sirvo ni para asustar a los niños?

—Quizá… **¡PODRÍAS SER MI ABUELA!**

—¿¿¿Tu abuela??? —chilló, indignada—. ¡Pero si soy una bruja espantosa!

—Bueno… sí… eres un poco…   Lola iba a decir «feíta», pero se mordió la lengua a tiempo y dijo—: Eres un poco diferente. Aunque no importa. ¿Sabes contar cuentos? ¿Cantar? ¿Recitar poesías?

Como respuesta, la bruja se puso a canturrear con voz de bruja:

—Ula, bula, chacabula,

Ula, bula, chacabula.

Me pongo mi sombrero negro, negro, negro.

Cojo a mi gato Aurelio negro, negro, negro.

Me monto en mi escoba, una, dola, tela, catola.

Y me marcho de paseo eo, eo, eo, eo…

Un gato negro apareció por arte de magia mientras comenzaba a levantar el vuelo.

Pero Lola la agarró de la capa y la bruja aterrizó de culo.

—¡Venga, va! Me quedo contigo. Si te quito esta verruga de la nariz…

—**¡AUCH!** ¡Por mi tía Sisebuta! ¡Pero qué niña tan bruta!

—¡Menuda quejica! Y total, por una verruguita de nada.

La bruja volvió a lloriquear, aunque esta vez sin lágrimas ni mocos amarillos.

—Si ya daba poco miedo… **SIN MI VERRUGA NO ASUSTO NI A LAS ORUGAS**.

—Y también tendré que cortarte las uñas, ¿vale? —se animó Lola.

—**¡SAPOS Y RESAPOS!** ¡Por ahí no paso! Mis uñas son mi orgullo brujeril. Nunca me las he cortado y me da mucho miedo —las escondió.

—Venga, no seas miedica. ¡Y también habrá que peinarte!

—¿¿¿Qué??? —chilló la bruja—. Jamás ha pasado un peine por mi cabeza.

—Ya… se nota. Pero una abuela no puede ir por ahí con esos pelos, ¿no crees?

—¡Y dale! ¡Ya te vale! Soy una bruja, la bruja Piruja —afirmó muy digna.

—¿Y qué prefieres ser una bruja que **NO ASUSTA NI A LAS MOSCAS** o una abuela estupenda? —razonó Lola.

La bruja Piruja se quedó pensativa un instante.

Recordó lo cansada que estaba de ir por ahí asustando niños. **IGUAL SER ABUELA ERA MÁS DIVERTIDO.**

—Vaaale. ¡Por mi gato que acepto tu trato! Pero… ¿en Halloween puedo volver a ser una bruja?

—**¡TRATO HECHO!** —exclamó Lola, feliz de tener por fin una abuela y una bruja para Halloween. ¡Un dos por uno!

Al final, su deseo cumpleañero había funcionado genial.

DIENTES DE COCODRILO

—¡Ven a cepillarte los dientes, Oliver! —exclamó papá.

¿Otra vez? ¡Siempre los dichosos dientes! **¡NI QUE FUESEN DE ORO!**

—Spiderman no se cepilla los dientes. Ni Superman. Ni Batman —afirmó Oliver.

—Claro que se los cepillan, Oliver —replicó papá.

—Pues yo nunca los he visto cepillándoselos.

—Pero lo hacen.

—¿Y cómo lo sabes?

—Porque todo el mundo se los cepilla.

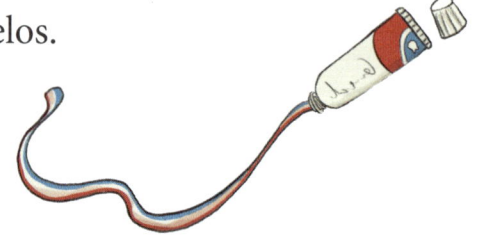

—Los cocodrilos no. ¿Sabes que tienen unos pájaros que se meten entre sus dientes y les quitan los restos de comida? Y yo **SOY UN COCODRILO**, ¡así que tengo limpieza a domicilio!

Papá sonrió.

—Venga, Oliver, ven a cepillarte los dientes.

—Los cocodrilos pueden tener más de **TRES MIL DIENTES.** Imagínate si se los tuviesen que cepillar ellos mismos.

—¡Ya sé lo que vamos a hacer! Te compraremos un cepillo de dientes con un cocodrilo —intervino mamá.

—¡Qué buena idea! —aplaudió papá.

Sus padres no habían entendido sus argumentos, pero parecían tan ilusionados...

Y ASÍ FUE COMO LLEGÓ COCO A LA VIDA DE OLIVER.

El día que lo estrenó y puso la pasta en el cepillo, escuchó una voz:

—¿Tú crees que con esa **CAGADITA DE PÁJARO** voy a cepillarme mis tres mil dientes?

Entonces lo vio. Primero en el espejo. Sonriente.

Seguro que se lo había imaginado, ¡tenía que ser eso!

Pero notó algo a su lado. Algo gigante.

¡Sí, estaba junto a él! ¡Era real!

¡HABÍA UN COCODRILO ENORME!

—¿Has comido? —le preguntó Oliver, preocupado.

—Sí, tranqui. Acabo de zamparme unas cuantas piedras y soy de digestión lenta. No tienes nada que temer.

¡UF, MENOS MAL! Oliver sabía que los cocodrilos comían piedras porque no mastican sus presas, y eso les ayuda a triturarlas.

Pero, tal y como se temía, el cepillado no fue una tarea fácil. Les llevó un montón de tiempo. Y, sobre todo, de pasta de dientes.

¡TANTO QUE GASTARON EL TUBO ENTERO!

—¿No te he dicho que se pone muy poquita pasta, cariño? —dijo mamá extrañada.

—Sí, pero Coco tiene muchísimos dientes y necesita todo el tubo —respondió Oliver, orgulloso.

Entonces mamá y papá cruzaron una mirada cómplice.

—YA DECÍA YO QUE ME HABÍA PARECIDO VER UN COCODRILO POR EL BAÑO...

LA HERMANITA Y EL GOBLIN

César Augusto era un niño de catálogo.

Era amable, obediente, agradecido, generoso, ordenado, comía de todo, nunca se ensuciaba…

Pero todo cambió el día en que el goblin entró en su vida.

Un goblin es **UN DUENDE DE COLOR VERDE**, con unas orejas largas y puntiagudas y cara de demonio, que se dedica a hacer trastadas.

¿TÚ HAS VISTO UNO ALGUNA VEZ?

César Augusto estaba convencido de que lo había traído su hermanita, una bebé llorona que no paraba de hacer caca. Mogollón de cacota, más apestosa que una mofeta. **¡PUAJ!**

Desde ese día, su vida cambió por completo. ¡El goblin la puso patas arriba! Por su culpa, él empezó a cargársela por todo.

—¡César Augusto! ¿Por qué has inundado el baño de agua? —se enfadó su papá.

—¡Yo no he sido! **¡HA SIDO EL GOBLIN!**

Papá lo miró con cara rara y se fue a por la fregona.

—¿Por qué no has dicho que has sido tú? —le dijo César Augusto al malvado duendecillo en cuanto lo vio subido al lavabo.

El niño estaba desesperado. El goblin no paraba de hacer trastadas.

¡CADA DÍA SUS TRAVESURAS IBAN A MÁS!

¡Cuando César Augusto vio el sofá blanco del salón todo pringado de salsa de tomate, casi le da algo!

Su mamá lo pilló mientras trataba de limpiarlo y se extrañó muchísimo.

—Pero… César Augusto…

—Ha sido el goblin —susurró él sin muchas esperanzas.

Cada día sucedían más catástrofes. **¡EL GOBLIN NO TENÍA FRENO A LA HORA DE HACER TRASTADAS!**

Cortó con las tijeras unos papeles importantes de papá.

Pintó con rotulador el edredón de la cama de sus padres.

Metió en la basura unos regalos para su hermanita.

¡Incluso escondió sus chupetes debajo de su almohada para que lo acusaran a él!

Pero el colmo de los colmos fue el día en que el goblin hizo una cacota igual de grande y apestosa que las de su hermanita...

¡EN MITAD DEL SALÓN!

César Augusto se quedó paralizado cuando entró su mamá seguida de sus tíos y la vio. **¡OJALÁ SE LO TRAGARA LA TIERRA!**

—¡César Augusto! ¿Has sido tú? —preguntó mamá.

—¡Ha sido el goblin! —gimió, desesperado—. Lo ha traído ella —señaló a su hermanita—. ¡Es mejor regalarla!

—Vaya con la hermanita —dijo su tía, abrazándolo.

—Sí, es una llorona —dijo César Augusto, más calmado—. No para de hacer cacota. ¡Encima, ha traído al goblin!

—¿Sabes qué, César Augusto? **CONOZCO A ESE GOBLIN** —respondió ella—. Se llama Celos.

César Augusto se quedó de piedra. ¡Su tía también lo conocía e incluso sabía su nombre!

—Cuando tu mamá nació, también me visitó ese goblin —prosiguió ella—. Es terrible, ¿verdad? Se te mete dentro de la barriga y, de pronto, ya no eres tú, te conviertes en un diablillo, ¿a que sí?

César Augusto abrió los ojos de par en par.

¡A su tía le había ocurrido lo mismo que a él! Le costaba imaginársela de pequeña, pero estaba claro que conocía bien al goblin.

—Yo también quería regalar a tu mamá, tenía unos celos espantosos de ella. Pero ¿te imaginas qué hubiera pasado si me hubieran hecho caso? Ahora no sería tu mamá.

César Augusto se quedó pensativo y miró a su hermanita. Así, dormida, **NO ESTABA TAN MAL DESPUÉS DE TODO**.

—Vaaale, pues no la regalamos.

—Enseguida le cogerás mucho cariño y jugarás con ella un montón.

—Claro, César Augusto, ya verás. Ser el hermano mayor mola —dijo mamá.

César Augusto sonrió.

¡Por fin el goblin le daba una tregua!

¡Y SER EL HERMANO MAYOR PARECÍA GUAY!

EL PRINCIPITO DE MANTEQUILLA

En el reino de Rompetímpanos, cada vez que al principito le cortaban las uñas, sus habitantes se atrincheraban en sus casas y se ponían en las orejas cualquier objeto que tuvieran a mano para amortiguar los gritos que salían de palacio.

¡ALGUNOS INCLUSO HABÍAN ACOLCHADO LAS PAREDES DE SUS CASAS!

Aun así, los chillidos eran tan potentes y agudos, que traspasaban cualquier barrera antisonido.

El suelo temblaba como si hubiera un terremoto.

Las paredes se resquebrajaban.

Los perros ladraban y se escondían.

Los cristales se rompían.

—Pero, Melindrines, si no te van a hacer daño. Hemos contratado al cortaúñas más especial de todo el reino, ¡tiene un aparato mágico! —le decían.

Sin embargo, daba igual quien se las cortara.

Melindrines no atendía a razones.

—No hay duda: **SU ALTEZA ES DE MANTEQUILLA**, tan blando como la de Soria —le decían sus niñeras.

Una noche Melindrines notó que un líquido mojaba su pijama y sus sábanas.

Un momento… ¿Se habría hecho pipí?

El niño se quedó paralizado al comprobar que el charco iba en aumento.

¡CASI PODÍA NADAR EN ÉL!

Pero curiosamente no olía a pis, sino a… **¡MANTEQUILLA!** ¡Sí, olía igual que la mantequilla de las tortitas del desayuno!

Preocupado, saltó de la cama y…

—**¡AUCH!** ¡Qué daño! —exclamó, sorprendido.

Nunca el suelo le había parecido tan lejos.

¿O era que su cama había crecido?

Melindrines la contempló perplejo.

Sí, era altííísima. **¡AHORA TODO EN SU CUARTO ERA GIGANTE!**

No eran los muebles los que habían crecido, sino él que estaba menguando.

—¡Ay! ¡Mis niñeras tenían razón! ¡Soy de mantequilla y **ME ESTOY DERRITIENDO**! ¡Tengo que encontrar rápido un lugar frío o me convertiré en un charco!

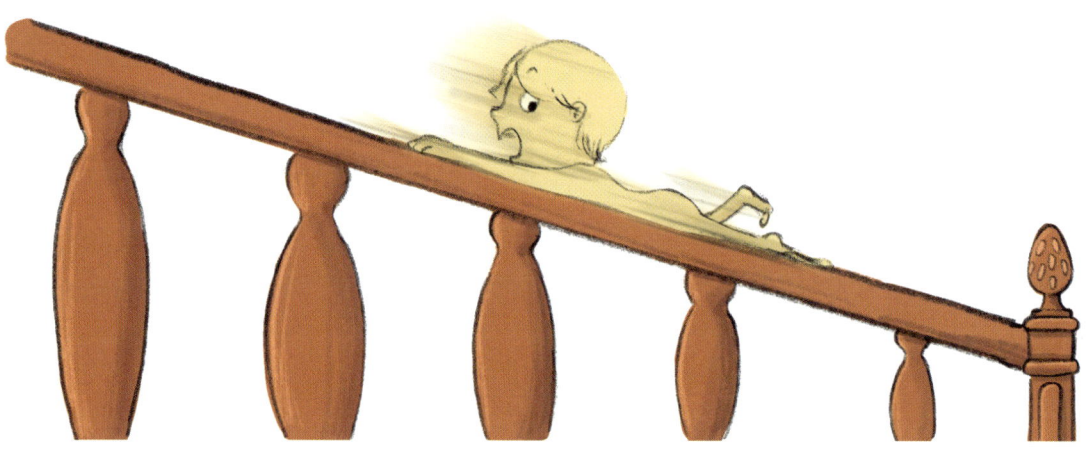

Melindrines comprobó que los escalones eran excesivamente altos para él.

¿QUÉ PODÍA HACER?

Sin pensárselo dos veces, trepó hasta la barandilla de la escalera.

Nunca se había atrevido a semejante hazaña, pero era una cuestión de vida o muerte, así que se deslizó a la velocidad del rayo hasta la cocina y, derrapando por el suelo, se metió de cabeza en la nevera.

O eso creyó él, porque, a la mañana siguiente ¡la cocinera casi lo echó a la sartén para hacer las tortitas!

Menos mal que Melindrines saltó al jardín por la ventana desde una distancia considerable.

Después, tuvo que hacer grandes equilibrios para ocultarse del sol, que se empeñaba en calentar ya desde tan temprano, y hacer frente a **UN MONTÓN DE PELIGROS**:

Tuvo que correr delante de los perros, que se lo querían zampar.

Y se ve que era un bocado apetecible, porque también un abejorro se lanzó sobre él, y casi fue devorado por un ejército de hormigas.

Su olor atrajo a un tropel de abejas
que **LO PERSIGUIERON** hasta que, al final,
se tiró de cabeza en las heladas aguas del río.

—¡Guau! ¡Salvado por segundos! —exclamó.

Sin embargo, **¡UNA CARPA GIGANTE QUERÍA COMÉRSELO!**

Con un rápido giro, consiguió darle esquinazo. ¡Uf!

—Ay —dijo para sí—. Las pataletas que armaba por miedo a cortarme las uñas … Y ahora… **¡HE HECHO FRENTE A UN MONTÓN DE PELIGROS!**

Con mucho esfuerzo, el principito consiguió salir del río y pudo sentarse a descansar a la sombra de un árbol.

—¡Hola, Melindrines! ¡HAS SIDO MUY MUY VALIENTE!

¿Quién le hablaba?

El principito miró a un lado y a otro.

Por fin, la vio.

Era un hada diminuta que se mantenía en el aire moviendo las alitas.

—Gracias… He pasado muchos apuros por ser de mantequilla… ¿TÚ ME PODRÍAS AYUDAR?

—¡Claro! Esta experiencia te ha servido para hacerte más fuerte, ¿verdad?

Antes de que él pudiera responder, en un abrir y cerrar de ojos, ella le lanzó por encima **UN CHORRO DE POLVOS MÁGICOS**.

¡Qué alegría, ya no era de mantequilla! ¡Volvía a ser un niño de carne y hueso!

Más feliz que una perdiz, corrió hasta el palacio, donde todos andaban de cabeza buscándolo.

Y desde ese día, Melindrines nunca volvió a chillar cuando le cortaban las uñas y, aunque había otras cosas que le asustaban un poco, sabía que **ERA CAPAZ DE ENFRENTARSE A ELLAS Y DE PEDIR AYUDA SI LA NECESITABA**.

PIRATA PATATA

Emma, disfrazada de pirata, corrió hasta el barco de pesca de su abuelo, con su mellizo detrás, pisándole los talones.

—¡Me pido conducir hasta la isla del tesoro! —gritó, victoriosa desde el timón.

—No, las niñas no pueden ser piratas —le rebatió Lucas.

—Porque tú lo digas. **PUEDO SER LO QUE YO QUIERA**, y soy la pirata Ricitos de Plata, para que te enteres.

—**¡RICITOS DE PLATA! ¡PIRATA PATATA! ¡PIRATA PATATA!** —se burló el niño.

En ese momento, unos pasos hicieron crujir la madera del suelo.

TAP TAP TAP TAP

Los niños contemplaron impresionados al pirata que había aparecido de repente.

Era imponente. **¡SU SOMBRA OCUPABA TODA LA CUBIERTA!**

Los mellizos se miraron desconcertados.

Emma continuaba agarrada al timón y Lucas no sabía qué hacer.

—¡Vamos, iza la vela! —le pidió el pirata Patata.

—¿La vela? Si el barco del abuelo no tiene velas.

Lucas miró hacia arriba indeciso y vio con asombro que estaban en **UN BARCO PIRATA** y había una tela en el mástil.

Corrió hacia ella y comenzó a tirar de la cuerda que la sujetaba.

Cuando terminó, se dio cuenta de que estaban navegando lejos del puerto.

¡Emma se sentía la dueña del mar!

¡¡¡YUJUUU!!!

CHOF CHOF CHOF

Y de pronto…

¡¡¡BUUUUUM!!!

—¡Nos atacan! —rugió el pirata Patata—. ¡A POR LAS PATATAS!

Los niños corrieron tras él hasta la proa, donde había apilada una montaña de patatas, y comenzaron a lanzarlas con fuerza.

—¡Ayyy, vaya chichón! ¡Es más grande que un melón! —gritó un bucanero.

—Y a mí me ha salido en la frente un huevón. **¡ME DUELE MOGOLLÓN!**

—¡Socorro! Nos han atascado el cañón.

—¡Por las barbas de mi tío Mamerto, que a mí me han dejado tuerto!

—Por mi gato Fortunato huyamos de aquí muy rápido.

Emma y Lucas dieron saltos de alegría cuando comprobaron que los bucaneros se daban a la fuga.

—¡MIRAD, LA ISLA DEL TESORO! —les señaló el pirata Patata.

—¡¡¡VIVAAA!!! —gritaron ellos.

Tardaron menos en desembarcar que un pedo traicionero en salir.

El pirata Patata llevaba **UN MAPA CON EL LUGAR DEL TESORO.**

Los mellizos se imaginaban un cofre lleno de monedas de chocolate y chuches.

Pero un terrible rugido de oso los paralizó.

—¡NO HAY MIEDO, NO HAY DOLOR, YO PUEDO! —gritó el pirata Patata.

Y atravesaron una cueva repleta de murciélagos y de arañas peludas.

—¡NO HAY MIEDO, NO HAY DOLOR, YO PUEDO! —gritó Emma, envalentonada.

Y los tres corrieron hasta que se toparon con un nido de víboras.

—¡NO HAY MIEDO, NO HAY DOLOR, YO PUEDO! —gritó Lucas dando saltitos.

Y tuvieron que hacer frente a un ataque de hormigas gigantes. ¡Incluso estuvieron a punto de caer por un acantilado!

Tras muchos peligros, por fin encontraron el lugar marcado en el mapa.

Los niños abrieron el cofre emocionados, pero…

Dentro no había monedas de chocolate ni chuches, **SOLO HABÍA UN PAPEL**.

El pirata Patata lo leyó en voz alta:

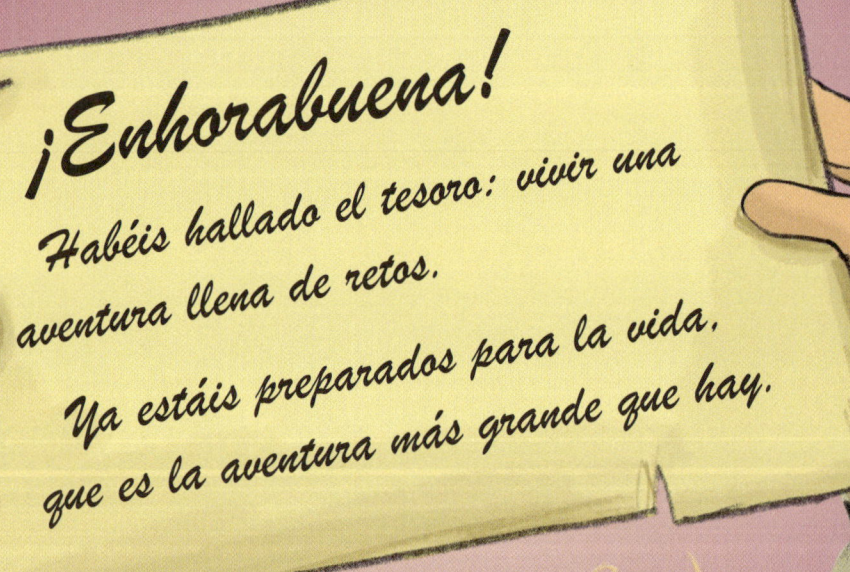

¡Enhorabuena!

Habéis hallado el tesoro: vivir una aventura llena de retos.

Ya estáis preparados para la vida, que es la aventura más grande que hay.

—**¡ES VERDAD, HA SIDO GENIAL!** —comentó Emma, entusiasmada.

—**¡INCREÍBLE!** —asintió Lucas, con la misma emoción.

Los dos miraron al pirata Patata para ver qué decía él.

Pero ya no estaba con ellos.

Y ya no estaban en la isla, sino en el barco de su abuelo, que los miraba sonriente.

Emma y Lucas corrieron hacia él a toda velocidad para contarle

LA AVENTURA TAN EXTRAORDINARIA QUE HABÍAN VIVIDO.

Un cuento de la psicóloga Diana Jiménez, para leer en familia y descubrir cómo funciona el cerebro, y poder entender juntos nuestras emociones.

Un álbum infantil ideal para preparar a todos aquellos niños que esperan con ilusión la llegada de un nuevo miembro a la familia.

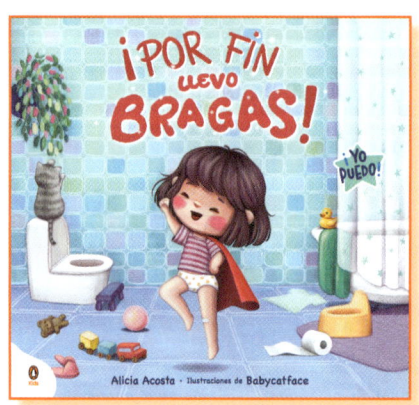

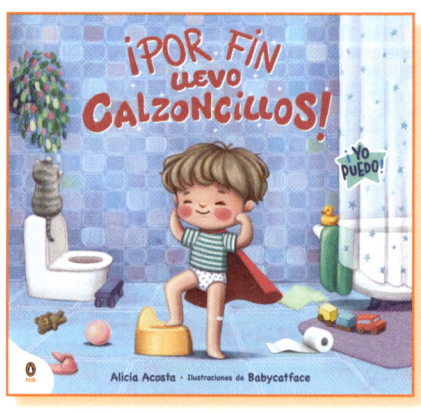

¡Un libro ideal para ayudar a que la pequeña de la casa dé fácilmente el paso de dejar los pañales!

¡Un libro ideal para ayudar a que el pequeño de la casa dé fácilmente el paso de dejar los pañales!

Gracias por llegar hasta aquí, pequeño lector, pequeña lectora.

Si tú no te hubieras atrevido a abrir este libro, nada habría pasado. Cuando lo cierres, habrás cambiado. Verás más cosas, soñarás más grande, crecerás rápido.

Pero recuerda que siempre puedes volver aquí, donde crecen los lectores.

Sí, es verdad, todos los niños crecen, menos uno. De ese hay que aprender a amar las historias y a no tener mucha prisa.

Porque leer es crecer, pero también es resistirse a dormirse.

Nos vemos en la siguiente página.

Kids